時間情書

曾元耀 ——著

自序

　　2016 年上半年，我集結了 2009 年至 2015 年，7 年間所有獲獎作品 28 首，以及進入決選或被選入詩選作品 9 首，出版了「寫給邊境的情書」這本詩集。經過 4 年，再次集合 2016 年至 2019 年間得獎作品 23 首，以及進入決選或被選入詩選，或被刊載在各類詩刊詩作 25 首，出版了「島嶼情書」。

　　現在，再次收集 2020 年至 2022 年，3 年間的得獎作品 16 首以及刊登在詩刊、雜誌或報紙副刊的詩作 26 首，出版了「時間情書」，為自己過往 3 年的努力再做一次總結。

　　這些詩作可以說是地誌詩，其中對環保、生態多有涉入，這是多年來寫詩慢慢轉變的結果。往後應該也會持續這樣的創作型態。

　　從 2005 年的 55 歲開始寫詩，到現在 2023 年的 73 歲，一直秉持著寫好詩的概念，希望看到我的詩的人，都能夠讀得懂，且能受感動，因此寫詩不求快、不求多，只求能拿出可咀嚼的作品，為讀者提供心靈的饗宴。

　　我的老婆，也就是我診所的院長簡秀英醫師說：「你應跳出窠臼，創新風格」。年紀大了，詩作寫久了，會守舊，會落入相

同的框框，期待往後不受年齡拘束，大開大擴，再創新的格局。

值此出版之際，為文以為序。

目次

自序 / **3**

那瑪夏的呼吸 / **9**

那隻睡在木棧道上的貓 / **13**

致樹影 / **15**

今天不玩臉書 / **17**

致雪山巡山人 / **19**

更年期 / **24**

春過桃仔城 / **27**

時間的意義 / **30**

泰雅織布歌 / **32**

黃昏備忘錄 / **36**

踅臺南有吃閣有掠 / **38**

東南亞的新北市 / **41**

是網美，也是網紅 / **44**

找一條回內本鹿的路 / **47**

妳在刺鳥咖啡書屋 / **50**

蟬鳴竹心動 / **53**

微解封下的城市學 / **54**

蝴蝶夫人 / **57**

騎裌歹的跤踏車 / **60**

走進墾丁大灣 / **63**

等待飛魚 / **66**

趴在里山公路的石虎 / **70**

妳在圖書館 / **73**

網紅的日子 / **75**

致北行的小伙子 / **78**

百年共和路的風華 / **80**

回去哈卡‧巴里斯 / **89**

餐桌上的家鄉味 / **93**

城市OL的日常 / **96**

山城慢活 / **100**

法式緞帶甜點文案 / **104**

老柑仔店的時光 / **105**

柴火燒起，三和瓦窯有話說 / **108**

走進柑仔店 / **112**

阿里山上移動的冰箱 / **115**

誰加工了你 / **117**

玉山有熊 / **120**

華燈初上 / **125**

疫情下的日子 / **127**

半島盟約 / **128**

來自苔蘚的邀請函 / **129**

等動物回來太麻里 / **132**

時間情書

那瑪夏的呼吸

踏著黑熊的腳步

就可以敏捷得像山林的風

沿著海拔往上挺身

一路進入那瑪夏

就會遇見雲端的布農族

給我們一棟會呼吸的屋子

讓文字流放給山風

給孩子們一棟

比雲海稍高的高腳屋

讓陽光可以路過我們的朗讀

那瑪夏的稜線

不會有迷途的天空經過

但有慢活的山脈

等待旅人的腳來走過

那瑪夏的生活

是無數輕聲時令的對話

我們有螢火蟲的光

足夠照亮山谷的寂靜

有熊鷹，高度

足以區隔雲彩和城市

那年的土石流

慢了那瑪夏的時間

我們努力與礫石共舞

捐出汗水與淚水來鋪路

挖掘駐紮在

駁坎間隙的祖靈秘密

把破碎的土地，用力圈在一起

山林要用數十年的日子

來思考崩塌的問題

可布農族的腳掌

跑得比楠梓仙溪的水還快

日炙下，我們習慣於崎嶇的路

學會高繞遷徙，避開苦難

我們的手心都掌握山的想法

所以知曉山野的秘密

知道如何把春天

種入天，也種入地

順著山勢，我們一步一腳印

整理山徑間的苔蘚

與羌蹄一起

磨合山間歲月

與鹿足一起

落腳在深山的 Maiasang^{（註1）}

所有走過的痕跡都將

細細註解 Namasia 的故事^(註2)

註：八八風災之後，政府在那瑪夏民權國小蓋了一間會呼
　　吸的高腳屋圖書館，教育布農族的孩子，從此那瑪夏
　　開始漫長的復活歲月

（註1）Maiasang：布農語，意即祖居地

（註2）Namasia：布農語，意即那瑪夏

※2020 年第 10 屆高雄打狗鳳邑文學獎新詩佳作
※2022 年獲選拍攝民視飛閱文學地景第 9 季第 11 集影片

那隻睡在木棧道上的貓

輕輕撥開春日的酣睡
以風的方式，潛入妳的夢境
想檢視 2020 年一月的日子
遠方，地球製造的攻伐
是否啟動妳的戒心

那些爭議的、虛假的
還有那些即將變為齷齪的
是否都走在時間的鋼索
是否拉大妳瞳孔內的驚懼

其實，木棧道上
所有的聲響都是輕聲的
那是我的心正模擬春天的時序
緩步向妳走近

妳是否從鼻上敏銳的嗅覺細胞

察覺島嶼的天空，不再

充斥酸腐的口水味道

這世界上還是有一種陽光

我們習慣歸類為慵懶，如巴薩諾瓦音樂

正在妳的頭頸上，緩慢梳理

試圖解放眾多毛球內多日的枷鎖

※2020 年刊載於創世紀詩刊春季號

致樹影

影子一旦彎曲

不是宿疾，就是老

儘管你沉默寡語

我仍可聽聞與生命拉扯的陣陣倔強

你把鬥志藏於皮下

努力繃出一副有 guts 的曲線

任誰在文學的山路上與你相遇

都將會是一種陡峭的錯身

在昨日的廢墟裡，你努力

擠壓出明日的養分

阿猴城藏了你的憂鬱

永勝 5 號藏了你的苦心

你的皺紋一條一條

則藏進了整個屏東的浪漫

我要去屏東山城，認領

那些燦燦的陽光

去南方半島的樟樹下，豎立樹影

樹立生生滅滅且不停息的禪語

在現世與來世之間往返傳令

抱歉，北大武山，郭漢辰把您的海拔帶走了

※2020 年 5 月懷人詩徵選優勝，並刊載於聯合報副刊
　郭漢辰是屏東知名作家，生前曾以屏東勝利新村永勝 5 號做
　　為創作基地

今天不玩臉書

今天不玩臉書，才知道
太陽是從孩子的笑聲中起床
才知道，人們都披著陽光
趴在草皮上與地球交談

當一條小溪跟我說話的時候
才發現，家鄉的口音
正流經那顆不安的心臟
而溪水泡過的日子也會柔軟

今天不玩臉書，時間
留我一人清掃大小寂寞
確認，沒有任何一種語言
比廢話更真實，確認
吃下的飯粒都已
化為有深度的文字

沒有臉書的日子

可以選用多種心情

追星、追落日，才知道

裸體的蝴蝶就是天空

裸體的土地就是後花園

那些沒有名字的花草，原來

跟我一樣有名

今天不玩臉書，睡覺時

很快就把自己的名字忘掉

醒來發現，眾神安睡在我的靈魂

原來啊，幸福確實

比臉書更早起床

※2020 年 6 月刊載於有荷文學雜誌 36 期

致雪山巡山人

巡行在二萬五千分之一的地圖

母親雪白的身體

就藏在遠古歲月的冰河裡

你決定與青苔

一同登上這座難以攀越的山

到她的胸膛探險

將星座一張張放入背包

熄滅晨光，收好夢境

你朝遠方寂靜的聖稜線出發

四月的杜鵑穿越亂石陣

溫暖的陽光晒在探勘的路徑

雪山變得喧嘩而亮麗

緊緊抓住來自溪谷的風

如鳥張開翅膀，飛進原始的靜謐

踩著水鹿走的小徑去找山的記憶

腳跟沿著山路蓋印

終於成為峰岳的紋面

一旁的箭竹林

則無情地戮著喘息的腳步

你獨自，獨自一人在 1934 年

跨越圈谷與冰斗，翻找她身上的傷痕

那是地圖上孤寂的密碼

你細心翻開雪的內幕

找尋萬年前歲月的紋身

那遺失的擦痕　母親的痛

而你的耳朵依稀聽到冰河拔營的聲音

與雪山交換彼此的信念與熟稔

讓壑谷與雲瀑

恆常駐紮在堅實的身體

在高海拔的深夜

你以油燈撫慰冰坎的黑暗

以營火餵養冷杉的冷

對著翠池旁高大的圓柏

說你青春放縱的十八歲

你的夢往返於冰雪與寒風之間

如一隻高地山羊小心越過碎石坡

在冰坎上咀嚼清晨的陽光

嗅聞冰河橫越時的撒野味道

過往煙塵儲存在圈谷的擦痕

你在時光中來回穿梭

尋找那些遺失的標記

譬如杜鵑的綻放，譬如水鹿的回望

彷彿與你無關

但卻深埋在每一個巡行的腳印裡

雪山背負萬年嚴峻的坎坷

在迸裂的岩壁與失聯的冰河之間

冷冽的冰　挫出一道道傷口

而你獨坐於圈谷

以雪跡測量可疑的擦痕

那是所有巡山人都在追蹤的名

每位巡山員都是鹿野忠雄

在自己的雪山連峰晃蕩、巡行

等候並記錄傷痕乍現的時刻

並繼續以自己的陽光和風

書寫母親的風景

註：雪山是苗栗最高的大山，是泰雅族人的聖山，日人鹿
　　野忠雄認為雪山有35個圈谷，應是冰河曾經存在的證
　　據。地質學者楊建夫則在雪山的圈谷找到冰河最直接
　　的證據──「擦痕」。

※2020 年 7 月苗栗縣第 23 屆夢花文學獎新詩佳作

更年期

妳的日子開始有些彎腰駝背

城市幾經抽脂之後，終於蕭條

清晨的台北街頭，就是躁熱且多汗

高架橋的骨質已疏鬆，無法承載美麗的容貌

中山北路的櫥窗仍然掛著過季情緒

窗櫺與城市之間，隔著不耐震的忐忑

眼神像萎敗花瓣，無所謂地垂落

右手太陽左手月亮，身體與城市不斷對弈

退後，從指尖退後，從肩膀退後

從心神退後，退後再退後

事業線不斷退後，自我感覺不再良好

打開窗子，陌生的午後與妳對峙

蚊蚋飛舞，妳用心聆聽它們的哭鬧

在音符最低調的角落，聽到一顆壞掉的心音
妳才知道旅行已過站太久

時間是不安的推土機
每一腳步都引發心悸，將脆弱心房震垮
藉著微亮路燈，妳省視自己的胸悶
日子磨損，色調如廢棄的城市邊緣

黑夜將至，黃昏有不得不離去的理由
肉體傷痛無需辨認，清楚如蛇吻
整座城就只剩下妳，就著月光敲打星空
靈魂開始模擬冬蟲，進行一次雪的埋藏

休眠去吧，將奔逃的時間踩住
或在日曆圈好一季，等待更年期過期
即使大樓倒塌，身體被擊沉

仍有漫長退休日子可以守住最後的堡壘

※2020 吾愛吾家徵文競賽新詩佳作

春過桃仔城

對日曆內底，選擇驚蟄彼工
共春天的節氣拍予開
指頭仔勾著囡仔時代的日子
向透早的共和路佮民族路口行過去
杜猴、尪仔標、珠仔加起來
就是拍無去的南門噴水圓環（註）

阮佇兵仔市採購早年的記持
真濟老硞硞的厝內，猶原藏著古早的代誌
菜攤猶原共舊孔子廟佔牢牢
阿兵哥佮兵仔車若親像猶閣佇遐
喝咻聲佇耳空出出入入
東市場就開始蹽落去

順著光華路向前走，街頭巷尾攏是
囡仔時代拍毋見的記錄

光彩街、蘭井街佇阮的腳底就變成遊樂園

桃仔尾、大通、二通攏著需要咱的關心
中央噴水的雞肉飯嘛是需要逐家的喙空來扶挺
一面攑燈火，一面共民生路揹起來
向時間的古早味彼爿，行過去

這時陣，沙鍋魚頭著來共鄉愁拍予散
浮水蝦仁卵著來共膨瘡敨予開
佇東門外的民國路，真濟人
攏佇咧食道口燒雞，滋味攏是清朝的氣味

一喙閣一喙食著方塊酥，芳味就佇喙內捒畚斗
243 層的恩典，一層閣一層
共出外人的稀微包予綿綿，共哀怨捋予平平
這个時陣，就有一種幸福，目屎若親像佇做大水

對火車頭這爿開始，一直到山仔頂彼爿

按呢來共桃仔城洗予清氣，洗汰出桃仔城的婿

註：南門噴水圓環是早年嘉義南門地區休閒中心，於1991
　　年拆除

※2020 年嘉義桃城文學獎台語詩第 3 名

時間的意義

一棵枯樹讓田野變得曠廢

日子繼續腐朽成塵埃

鳥聲被陣陣風聲鋸斷

記憶被謊言腐蝕

銅鐘被敲響

鐘聲就把吵雜的人帶走

時間的意義來自佛性的心境

隨緣、無所求地面對今日

在凡塵吸盡的剎那

新的日子自自然然被拉上來，掛好

小巷的青苔是時間的音符

可以綠化無助的歲月

不再有甚麼情感的騷動

也就不再有甚麼值得啜泣

若有黃昏經過我

我就能翻過那霞光

用心檢覈剎那的神意

在每個日常的細節

時間的凝視經常很有張力

記得要常常對人生提問

只是，早已不須答案

※2020 年刊載於有荷文學雜誌 37 期

泰雅織布歌

朵細‧馬幸在祖靈的旁邊坐下來 ^(註1)

將手放進泰雅古老的記憶

用傳說編織泰雅的生活

讓捻線去講族群的故事

編織正是泰雅的生活方程式

左搓右揉，用合歡的雪水清洗苧麻

將泰雅的思緒與身世

抽出絲，打成紗

將瑞岩溪的靜默以掌心抵著，慢慢

捏捻成雲狀紗線

以輕柔的歌聲擦拭微塵

再用鄉音調理色澤

讓織布歌成為時間的標記

在捲紗、紡線的日子

泰雅族婦女一邊吟唱

一邊編織祖靈的足跡，直到

泰雅族群的腳步

有了風的輕靈

此時，會聽到祖靈

將誡律埋進織布

讓 Gagga 規範族民的步伐[註2]

把名字穿梭在經緯線中

將泰雅的情事織進發祥村的時間裡

再用打棒棍，緊緊

將泰雅的光與影

押入色彩的強度

讓紗線在泰雅的經緯中固結

她編織自己

讓山風颳去身影的雜質

以安頓的姿態守成

織一匹布，如同水鹿的腳印
穿梭在合歡、雪霸的呼吸
以歌聲慢慢雕琢氣質
在山岳的框架中穿梭
將生活的智慧
緊緊隨著綜絖棒旅行
汗水滴在織布上
就打入濁水溪的標籤
織出最有山勢的織布

山林的黃昏，歇腳
在理經架的經緯線
時間靜靜等候，靜靜
為自己鋪設一條回家的 tuqiy^(註3)

妳在沉默的巨石前

用梭板、用織布說話

經線是祖靈，緯線是 Utux^{（註4）}

以 Pisbukan 起始，於織布機結束^{（註5）}

一生就固守在泰雅的 tminun^{（註6）}

註1：朵細‧馬幸，為泰雅族婦女，擅編織

註2：Gagga意即律法、規範

註3：tuqiy意即路

註4：Utux意即祖靈，是宇宙的主宰，禍福的根源

註5：Pinsbukan為泰雅族的發祥地

註6：tminun意即彩虹般的織布

※2020 年新竹縣吳濁流文學獎現代詩佳作

黃昏備忘錄

白日遠去後，妳開始無法辨識他的輪廓

無法說出他的名姓

你們彼此已不再有任何齟齬

失去聽覺，妳就變成蔚藍的海

收容這個世界的雜沓

失去記憶，妳就以寂靜

闡述城市的喧囂

妳留佝僂身影，給城市的眼睛看

留老邁的年齡，給地球去扛

他說要將陽光掛在窗檯，讓春天

為妳療養，努力把凹陷的心情拉直

鋪平所有疲憊的氣話

妳經常如雲霧飄來

要他為妳彈掉身上的凡塵

步履經常不響

他就把黃昏的美麗，提回來讓妳欣賞

他說，要努力抓回昨日的晴天

用手語轉述鄰居的日常與八卦

用心儲存好多情話

都為了藏進妳老邁、多皺紋的笑

※2020 年刊載於創世紀詩雜誌 204 期秋季號

踅臺南有吃閣有掠

　　17 分鐘走 1.8 公里，就可從文學走到藝術，再從藝術走到歷史，然後再走到美食。在台南就是有這麼一條好康的路線，讓你在很短時間，從文學達人變成藝術達人，再變成歷史達人，最終成為美食達人。如果只是蜻蜓點水，你真的可以在 17 分鐘內完成以上所有的身分。但是，若要深度旅遊，變成專業級的達人，那麼花個數年也不一定能達成。

　　首先從第一站台灣文學館開始。時間在文學館的建築寫下斑駁的歷史，我們隨著光影出入台灣文學的摺頁，每一個文字都是記憶的密碼。在內側迴廊遊走，台南州廳、台南市政府、台灣文學館次第浮現。在新舊空間任意穿越，與百年歷史不斷對話。天窗流瀉下自然光華，把我們的身影整理得更有風景。

　　走出文學館，越過南門路，來到第二站原台南州警察署，現在則為台南市立美術館 1 館。歲月在建築的外觀長了皺紋，但內裡卻長出了繽紛的色彩。走在

現代與古典之間，欣賞目不暇接的畫作，時間彷彿染上七彩的風貌，所有館藏都在我們的旅程中，注入優雅的步調。

從美術1館走到對角的孔廟，從繽紛的現代走進蕭穆的場景，只需幾分鐘，過程好像在演一場穿越劇。從全台首學的大門走進去，迎面走來大榕樹，用他龐然綠蔭為我們擋風遮日。清涼的園區內，我們讓禮門與義路規劃生活的進退，讓孔學風範清理身軀的雜沓。

跨過友愛街，孔廟對面就是葉石濤文學紀念館。細細逛過，才恍然知曉，要當歷史的文學巨人，不是寫一兩本小說就算數，可得活到老寫到老啊！

再跨一次友愛街，回到孔廟旁武德殿。由文轉武，只需一個轉身。武德殿原為日治時期大日本武德會道館，目前是台南忠義國小禮堂，既武也文，又忠又義。

順著友愛街往西走，來到台南美術館2館。陽光從五角玻璃屋頂嘩啦嘩啦落下，趕走日子的霉味。

生活就是要做一些有藝術的事，比如看陳澄波的印象畫，盛放南國的美，或者讓心靈在現代與古典畫作中，任意越界，隨性歸返。透過每一次策展，可以檢視藝術與個人之間的互答，彙整再梳理，反省再回應。我們發現看展可以凝聚心神，可以放縱思緒，一聚一放之間，圓滿了自己。

走完文學、藝術之旅，心靈雖飽滿，肚子卻空虛。這時就要順著忠義路二段，來阿霞飯店吃飯，讓道地台菜美食，譬如紅蟳米糕，填滿身心的欠缺。一甲子的阿霞飯店，是台南人宴席首選，也是觀光客必吃料理。阿霞的手路菜，內外兼修，不僅外貌好、口味好，若能沾點獨特醬汁，就能養好挑剔的舌尖與味蕾。

欲趖臺南，有吃閣有掠，真正有料，著是這條路線啦！

※2020 年第 10 屆台南文學獎逗臺南小品文優選

東南亞的新北市

這一天我們召集半島東南亞，包括

越南、寮國、東埔寨、泰國、緬甸等國

也結合島嶼東南亞，包括

印尼、菲律賓、馬來西亞、新加坡、汶萊

開了一場東南亞美食高峰會

餐桌上躺滿各式辛辣香料打扮好的家鄉味

每一道料理都會說好幾種語言

我們逐一打開味蕾

認真品嘗地球五香俱全的吶喊

以魚露還原一整桌家鄉味

其上有故鄉的 GPS

以荳蔻去喚醒薑黃

以丁香、肉桂、荳蔻

拼貼心情的缺口

用辛辣香氣加溫鬥志

娘惹咖哩叻沙

是一道多族性的料理

它會與你的味蕾做多語言溝通

自從離鄉背井

舌頭的味蕾早已昏迷不醒

需要用打拋葉把它打醒

而味蕾呢

若不再用芫荽維修一下

胃口就要變異鄉了

當腦門被娘惹的功夫迷昏

迷迷糊糊地，也不知

是在馬來亞或是新加坡時

孜然悄悄點燃一盤料理

讓咖哩飛越河粉

讓打拋葉在東南亞漫步

鄉愁不一定要愛恨情仇

可以是酸甜苦辣

也可以是許多味道的拼湊

家鄉味有許多種味道、許多種顏色

但只會勾引出一種鄉愁

當味蕾從東南亞特有的香味

復活而囂張時，沒有一種香草

需要為這件事抱歉

※2020 新北市文學獎新住民圖文創作優選

是網美，也是網紅

身為網紅，必須習慣於

適時告別過時的裝扮

每天必須換掉一部分的自己

隨時補妝，用腮紅抹掉臉上的歉意

記得要更改美麗的走向

以迎戰網路的瞬息萬變

才能走在潮流的前端

追求高網路聲量的日子

實在難以用辛酸來量化所有付出

妳還是堅持以高昂顏值

決定一個場域該亮出甚麼

該選用甚麼措辭

該用多少後製，建構美麗

在絢麗的影棚裡

妳的每一投足、顧盼

力求留下美麗的蝴蝶效應

在網路打坐，調息智慧

讓內涵更有格調，風景倍數增值

每天以自拍，在網路作戰

善用自己的姿色

安撫藏在網路的痛

頻頻使用豔麗、挑逗的文字

說著風情萬種的話

與鍵盤後的宅男傾心交談

妳用盡所有可操控的時間

在光纖網路間穿梭

但仍沒能留下任何可資引用的名言

只有一張耐讀的笑容

持續，高速又無奈，在網路奔馳

※2020 年刊載於乾坤詩刊 96 期

找一條回內本鹿的路^(註1)

一切都從傾圮的石板屋開始。

在小米曝曬的地方，青年霍松安帶著族人，沿著鹿野溪向上溯源。鹿野溪是布農族的源流，也是回家的路。

風不斷翻閱族人的企圖，雨決定撬開尋根的腳步，為了尋找遺失的 Mai-asang^(註2)，每個勇士都要學習拉馬達星星^(註3)的堅忍，將所有的痛楚摺疊、磨平。

山風持續揮舞著砍刀，以嚴酷的刀鋒試圖削弱回家的意志。族人若要踏進黑熊的生存領域，就要去瞭解它們流離的意義，若要找回祖先，就得與祖靈相遇，就要學習布農族的豪邁與強大。

一路上族人狩獵淒風苦雨，狩獵曠野的蒼茫，狩獵山林的咆哮。細聽鹿鳴，辨識星圖，緩步前行，砍平瘴癘。有黃喉貂在前面小徑引路，族人開始模擬黑熊的腳步，穿越風雨森林，在每一個高峰與低谷間，

尋找回家的路。一邊整理水鹿遊走的小路，一邊搖醒幾隻山雀，等待鳥聲完成一首歌，用來梳理內本鹿的早晨。時間用苔蘚和崩崖，雕塑獵徑的艱困。族人上切高繞路，站在稜線，放眼追蹤雲霧的去處，嗅聞山風的土味，分辨出哪個是屬於卑南主山的，哪個是美奈田山的。同時在土地埋入臍帶，便有祖靈流入，便有家屋在前面等待。

　　以獵刀削尖眼神的銳利，讓篝火在身上埋伏熱情，跨越時空的邊境，終於抵達內本鹿。在陣陣炊煙中，放任祭禱在風中滋長，與 Gagga^{（註4）}相認，在卑南主山下生根。你們一定要記得耆老蘭嘎士的話，不要戀棧一地，要不斷遷徙，要將 mihumisang^{（註5）}與小米酒放進血液，布農的強悍就開始在高山奔跑。

（註1）內本鹿：是中央山脈卑南主山以南、雙鬼湖以北，中央山脈東側為主的廣大區域，為布農族的傳統領域

（註2）mai-asang：祖居地

（註3）拉馬達星星：大關山事件犧牲的布農族烈士

（註4）Gagga：律法

（註5）mihumisang：耆老的祝福，有長壽與活著的意思

※2020年後山文學獎小品文優選

妳在刺鳥咖啡書屋

妳從都會曠課後

遠去南竿牛角聚落開學

妳把裝扮過濃的城市隨意放上礁岩

慢慢卸除重裝的戰備

放任日子在潮間帶浮潛

時間一旦受潮，所有

台北的情事都將漸次溶解

馬祖的海，很粗獷，可拿來用力洗濯

很輕易就洗淨城市的容貌

來到南竿就是要改頭換面

讓自己不再矯情

至於刺鳥咖啡書屋在哪裡呢？

就在斜坡的陡峭下面

海的澎湃上面

妳以卡蹓卡蹓的手勢，輕敲刺鳥的門
藍眼淚與晚霞相繼來開門
妳提著雀躍的影子，以細小汗珠
在刺鳥咖啡書屋輕快地打卡

坐在漂流木椅上，與海比肩
一面喝著咖啡、聞著書香
一面滑著手機、滑著海的遼闊
妳想彩繪牛角聚落的時間
也想修繕、粉刷島嶼的孤獨

馬祖的夜把燈火熄滅，天空就亮了
妳從礁岩的邊旁走進海，走到銀河
那是一種寧靜，有海對銀河的呼喚聲
妳發現銀河可以把台北的姿勢換新
海岸的藍眼淚可以洗掉身上的瘡痍

妳與島嶼的歷史，背靠著背躺著

馬祖的時間似乎有難言之隱

只有在夜黑風高的時候

碉堡會輕聲告訴妳

書屋總還有一本書未讀

總還有一座海未眺望

妳把海霧包圍的夜色夾進詩集

壓成一條細長的絲帶

風起時，飛揚的髮

就有固執的牽絆將妳拉回

妳繼續在南竿尋找一處礁岸

想把台北的嘈雜藏進隙縫

即便不行，也要用濤聲蓋住，然後

讓朝霧與濤聲恆常駐守在緩慢的凝望

※2020 年馬祖文學獎現代詩優選

蟬鳴竹心動

讓我採擷自然的意象

以指節捏塑坯土的溫度

再以掌紋磨練壺身的氣質

捏塑久了，漸漸就有地球的身影

譬如清脆、悠遠的蟬鳴

譬如高風、執著的竹節

經由手捏藝術，漸次

模印了生命幽微的意境

當溫潤的茶香飄過

請問，你能不心動嗎

※2022 年詩心陶情捏陶展作品配詩

微解封下的城市學

穿過微解封的晨霧，妳
把繭居的日子放進城市的夏天曝曬
每日遵照疫情指揮中心的指示
前進、後退，左顧、右閃
隨時演算自己的行徑，不讓
青春溢出 1.5 公尺的安全距離之外

解開綑綁多日的時間
與悶壞的自己，微微吵了一架
微出門、微逛街、微排隊、微吃食
當然也要微減肥

午後兩點的疫情報告
妳每每慎重其事，一再檢視
衛福部長臉上的曲線
看緊、看滿，直到看見

心愛的嘉玲從螢幕緩緩現身

為了不掉入臉書的口水戰

妳關掉網路，戴上 N95 口罩

在微缺氧下，輕聲安慰負傷的地球

隨時挺胸縮小腹，把微駝的曲線

拉成 101 高樓的堅挺

妳用幾塊透明隔板將城市隔好

維持有點隔又不那麼遠的多層次互動

學會讀懂他人瞳孔內的微怒火

避免微發霉的語言弄髒人際關係

妳決定卸下隨身防疫組合包

戴上耳機，點一首韋禮安的「慢慢等」 ^(註)

等紅燈變綠燈，等城市安靜下來

等「不好意思，讓妳久等了」那句話

再把士林夜市的滋味，等好、等美

註：韋禮安為台灣華語流行音樂創作歌手

蝴蝶夫人

屏息於墾丁的花季

時間在等候，等候誰來

解開鳳蝶飛行之謎

妳的工作是觀察我

如何穿越礁林中的蝶道

在雨後濕滑的港口馬兜鈴樹林

解密鳳蝶的食譜

妳的腳印散落礁林

每一步都是重裝的紀錄

妳穿著春天

行徑如達爾文

同時還有珍古德的堅持

妳像秋天行走在墾丁草原的落山風

一路製造乾爽的氣流

來吹走生活的黏膩

妳走在鳥影與山水間

想為墾丁的秋天換一件衣服

蝴蝶夫人啊！

妳本來不屬於這裡

是因為鳳蝶跌進妳的記憶

是因為蝶蛹包裹了妳的日夜

妳就得穿越

社頂的礁林來觀察我

就得梳理墾丁強勁的風勢

讓我們的蝶翅

可以舞弄這一片風塵

讓翅翼下微小的風，成為

整片落山風的延伸

今天午後可能有雨

我是不是應該提早起飛

進入妳的觀測區？

我相信一定有一隻黃裳鳳蝶

在妳的夢裡孵化，留下

銀亮的蛹殼成為妳一生的風景

一定有一次羽化

在妳的筆記，攤開裙襬

留下華麗的斑紋

※2020 年刊載於有荷文學雜誌第 39 期

騎袂歹的跤踏車

靠著這款破糊糊的身軀，欲佮運命拚懸低
無論日子是毋是猶原佇痛，嘛欲做一寡仔
笑詼的代誌，講一寡仔拍袂倒的咒誓
咱毋是刁故意欲佮眾人無相全
咱只是想欲騎車來陪伴著坎坷的靈魂

毋願倒，毋是為著活，是為著欲徛起來
出發毋是為著離開家園，是欲用
殘存的光，走入去暝時的烏暗
雖然面容的皺痕，有真濟破病的歹症頭
嘛欲用熱情來共山佮海偝起來，開電火出發

人生不過是真濟小零件鬥起來的老跤踏車
對日出來起始，月落來結束，打拚兼走傱
來摺入去老歲仔，才發覺時間笑我無事使
趁著靈魂猶未臭去，將賒的年歲打折

批發予神明去清彩用，然後用呦呦掣的跤步
向人生的火烌，慢慢仔騎落去

一列跤踏車騎對穢況的世界
車輪佇塗跤磨卡久，自然就有路的模樣
路　共騎到遠遠遠，是非抑是黑白一定就會卡少
阮佇想，佇彼个老歲仔的時陣，就愛來
做一寡仔虛華、狻怪抑是夯枷的代誌

共耳空閣再修理一下仔
恬恬仔聽山風，吹過樹林頂的葉仔
用冷吱吱閣硬迸迸的手，梳理結歸球的白頭毛
共眵眵的目睭遞予開，予彼个生份的野外入來
彼時陣，目睭金金，就會當來找到拍無去的熱情
咱是毋是會當按呢講，靈魂袂哀傷，青春袂消風
咱猶原猶未退化，咱只是佇人生尾場的時陣

去敲一下仔薰屎

註：有30多位抗癌勇士不懼疾病，騎單車環島旅行，活出
　　生命騎蹟

※2020 年第 9 屆台中文學獎台語詩佳作

走進墾丁大灣

妳老愛把身影

攤在離城市比較遠的地方

讓雨後的影子是大灣

晴時的影子是船帆石的孤獨

為了遇見妳,我已花光

所有的好運氣

妳就愛把我困在妳的漩渦

讓我不得不,記恨妳的慧點

妳喜歡讓我們之間的感覺

維持在一種曖昧的解讀

如大灣輕輕的浪沫

或是黃裳鳳蝶不定的舞姿

我們經常深情,注視著彼此

研究、分析時間的走向
不停策畫，如何
從我的景走進妳的像
好讓每一段路
都有山海的轉折

再用一把緩慢的鑰匙
打開墾丁的雨季
把雨勢翻譯成對白
將愛情對焦在無限遠
凝結成兩小無猜的印象

然後，從妳的早安
持續叮嚀到妳的晚安
把大灣的海和礁岩，當作
生活的起點

確認明日的座標

安頓彼此的愛

※2021 年刊載於屏東縣海洋文學專輯

等待飛魚

把手機裡的台北刪除

背包放進一整片海峽的風

搭上開往白沙尾港的渡輪

將沉思偷渡至琉球嶼

等待飛魚來將夢境穿透

讓情緒在落日亭的礁岩暫歇

放空過往的心情

也將所有的夢想放風

一邊看著夕陽

一邊剪接阿猴的故事

順著海峽的風

把台北的天空清乾淨

把天龍國的節奏放輕、放開

慢慢抽著小琉球的雲

讓海風颳走失眠與囈語
留下不肯安睡的幸福美感

這裡有足夠的時間
等待遠方的積雨雲來停靠
把思緒留白
等待飛魚來塗鴉
來剪開困惑的台北夢

夏季裡，烏鬼洞是海神居住的地方^(註)
陽光是語言，海風是衣著
藍天是夢，海上有沾滿浪花的飛魚群

在想飛魚會是什麼樣子
你們把舌尖長長地伸出去
將海風的味道一一分辨清楚

想像乘著小拼板木船

往南方的海划過去

與墾丁的海相親，與飛魚對鏡

夜宴時，放鬆的你們

慢慢烤著過往的繁忙日子

將憂傷翻面，將汗水

濃厚成鹹鹹的海

營火慢慢把夜撐得很深

啤酒順勢把海醉倒

你們將耳朵貼近風，聽

飛魚剪開海的聲音

調整彼此的語言，使成為

琉球嶼特有的熱帶語音

屏東的天空開始變得很高

海變得很近，你們

像是剛從國境之南回來的漁人

將夏日記憶住進台北的海

而一尾尾的飛魚

都是往後激情日子的再現

註：烏鬼洞是琉球嶼著名風景區

※2021 年刊載於屏東縣海洋文學專輯

趴在里山公路的石虎

你穿著血紅色的衣服

趴在里山的公路，睡著

最後的呼息與氣味

都被汙濁的空氣掩蓋住

你想起母親曾經告訴你

丘壑之後有天堂

遠方有綠色的樹林，出門便有食物

於是你放輕腳步，在幽秘小徑

悠閒品嘗星夜與田鼠

在路徑邊坡灑了離家的願望

去灌木叢深處出勤

你的腳在探索獨特步法

想找一塊綠地，建立巡行領域

在皮毛的斑點，藏入山林密碼

於耳後黑白斑，記載族群的基因序
額頭，有兩條白色縱帶
那是山林的希望

你的嗅覺敏銳
能精準辨識山岳的紋路
而眼神有星光穿透，可用來梳理時間
追逐野鼠之前，你記得父親曾說
一定要對毒餌忌口
要閃過捕獸夾，要避開路殺

當一條公路切過你的家鄉
天空不再安靜
你徒勞地追丟了幾隻鳥、幾隻鼠後
曠野只剩下自己
在未知的領域迷途

太陽逐漸睡去，你的眼睛

如星火般，把暗夜燒亮

長尾微微拉高、擺盪

以豹的眼神切過山勢的脈絡

你努力嗅聞獵場與棲息地的距離

預測回家的路徑

你從夜行的丘壑出擊

爪痕抓破公路

可是你的身軀，最後

還是被公路所切割

註：里山公路即為台灣淺山地區的公路，淺山為台灣保育
　　類動物石虎的棲息地，由於人為開墾與公路侵入，路
　　殺現象頻傳，已經嚴重威脅到石虎的生存。

※2021 年刊載於有荷文學雜誌第 40 期

妳在圖書館

妳在臉上淡妝一臉文學

謹守博古通今的身影

試圖從圖書館的余光中

打開城市的天空

妳的文字一向不諳逃家

經常固守在舊的格律

持續守望書卷發情

慢慢撫摸作者的指紋

於字句中裸足

於章節中奔跑

在最燦爛的句點

妳歇息了一整個夏日的疲憊

圖書館的燈光

依舊用功讀著書

黃昏從一整排書櫃

最角落的曾元耀開始攀爬

找到最接近落日的窗戶

與多情的晚霞交談

等待一整座書林的楓葉變紅

妳繼續沿著書櫃緩步巡行

與作家的聒噪對話

來修正寡言的日子

並尋求亮句，覆蓋常年傷痕

時間在燃燒，夢境即將休止

妳將細心書寫的情感

在每冊書背，秘密建立條碼

逐步鎖進台北的夜色中

※2021 年刊載於乾坤詩刊第 100 期冬季號

網紅的日子

妳是網紅，也是耗盡且疲憊的美女
在網路走踏的日子
生命一再被同樣的按鑽改寫
身為網紅，妳需每日打開耳門
傾聽世界洩露的八卦或祕聞
把口水翻新，將嗆辣的語音
埋進去，看看會鬧出甚麼暴動

對網紅而言，每個虛擬的網路
都是顏值的量化場域
所有的打點都可找到自轉的方法
所有的裝扮都可找到公轉的軌道

知青可以是網美的外表
也可以是網美的內裡
妳們無止盡地在粉絲團補妝

玩弄話術，以龐然的美煎熬他人的日常

日日與主流價值　拔河

大家都在看同樣的網美

聽同樣的網紅在喧囂

妳們的話語經常闖進網民的心肺

在崎嶇處構築奢華

舉手投足的姿勢可以春風化雨

虛擬的禮物就紛紛從宅男的手機出發

在網路穿梭，抵達妳們的錢包

還好有虛擬禮物，還好有紅包打賞

身為網紅的妳們總是能夠活得很有風景

手機鏡頭雖可抓住

上挑的眉毛、上鏡的瓜子臉

但抓不住遠走高飛的時間

妳在網路，一寸一寸減去智慧

一色一色褪掉姿色

即使只剩影子，就像

冬日的樹，只剩落葉，還是很有風景

我仍在尋思一句合適的措辭

可以後製妳的過往歷史

要留一點時間，讓妳這顆美麗星球

再找到足夠的光亮來閃耀

※2021 年刊載於有荷文學雜誌第 41 期

致北行的小伙子

你即將挺進另一個新的生態圈
在人生的戰鬥發起線，站穩位置
你是依然堅持按照自己的腳本而行
或是追隨城市的風潮而流？

城市的街道都由
華麗與困窘交錯組成
不要以為走了幾條路
就讀懂地球
若要在城市討生活
得隨時留意紅綠燈，熟記避碰規則
得讀懂地址、聽懂流行語

生活在繁華城市，記得
要在吵雜聲中，放慢自己的靈魂
隨時練習孤寂地笑、驕傲地哭

記得要隱藏身體任何老化的特徵
譬如垂首駝著，譬如
挺著大肚腩，手拿保溫杯踽踽獨行

要像盡責的路燈那樣思考
在轉角處，保持警覺
提防潛伏在巷弄的無厘頭對白
突然撞倒失神的你

你將在城市的街巷
每天來回搬運生活的各種內容
你的身體是唯一的載具
記得減速緩行，讓影子有足夠時間
拓印在走過的每一條紅磚道

※2021 年刊載於創世紀詩刊第 208 期秋季號

百年共和路的風華

　　嘉義的時間是棋盤狀的，不管是東西向或南北向，每一條道路都有百年以上的風華。

　　小時候住在延平街與共和路的交叉口，就在南門圓環附近。不管是延平街或共和路，都是年代已久的街道。若將街頭巷尾的風聲集結，就是長長的故事。若將路過的塵土收留，就是歷史的沙場。

　　此地沒有日夜，生活的節拍多重，一路下去就是百年的記憶。慢行是追回記憶的最佳途徑。於是，我選擇一個假日，從共和路的頭，也就是垂楊路與共和路交叉口，由南向北慢慢走，同時，伺機向東西方向探索，讓塵封的遺事、幽微的感動自然入鏡。

　　在諸羅城的東南邊緣，也就是南門圓環，可以找到一條巷弄來連結古老的記憶。這一條長約兩百公尺，寬僅三公尺的和平路161巷，是清領時期中埔鄉49庄居民進城必經之路，又叫崇陽古道。現在經過社區營造後，多了許多裝置藝術與彩繪，以及許多老照

片與古文物。我選擇在金泉興醬油廠的巨型檜木豆油桶旁歇息，甘醇濃郁的壺底油味道，彷彿一道鄉愁掠過我的腦海。如果鄉愁是餐桌上的美食，那必是蔭油浸泡過的歷史。巷子一旁還有何明德的故居，何明德是嘉邑行善團與何明德行善團的創始人，1969年何明德因友人騎車，路不平導致摔傷後，開始於假日或夜間與友人一起義務修整道路，修建橋梁，聲名逐漸傳開。往後的三十年間，又修築了兩百多座橋樑，並因而獲得菲律賓麥格塞塞獎。在崇陽古道旁，還有一條打石街，所有嘉義的墓碑雕刻或石雕藝術都在這裡產出，打石街後來併入了共和路。

　　繞著南門圓環周遭，有許多美食，若要在夏日消暑，則南門楊桃冰是首選。當味蕾被諸羅的陽光燙傷時，記得要去買一杯清涼的楊桃冰，它就會幫你洗去口舌的傷痕，並在你的旅行中，偷偷印刷一些古早味在你的記憶中。酸甜回甘且順口的沁涼滋味，會像

蛇，在你的美食經絡通道中潛進，慢慢鑽通封閉的心情，進行歷史的療癒。如果口中再含一塊楊桃粒，讓獨特醃製秘方挑戰最挑剔的口感，一整個夏日，就這樣，在解渴又好喝之下，就很容易被擺平。

在崇陽古道出口旁，有一家以總鋪師手路菜為號召的小吃店，叫做黑人魯熟肉，有六十多年歷史，賣的是豬腹內等魯熟肉，一般也叫黑白切。魯熟肉中，以方塊的蝦糕最有名，這道小吃不需高明的味蕾即可品嘗出特有的在地風味，在軟Q口感中，荸薺的清脆會在口舌間，再現古早生活的風味。其他諸如豬肺、粉腸、粉肝等豬腹內，口感都非常適切。至於雞捲、肉捲與三鮮捲，濃郁的肉香陣陣飄來，即便飢餓指數很低，也能帶動食慾的漲潮。而沾醬是由高湯、糖、醬油膏與蒜蓉熬煮的，再加上哇沙米提味，將整個腸胃炸出一條通往歡樂物語的捷徑。

延平街是一條東西向的街道，在我小時侯，這條

街兩旁都是木造矮房子，視野很好，晴朗的日子，可以清楚望見玉山，冬天則可以看見白雪覆蓋山頭。那時候上學，都要騎著腳踏車前往山仔頂的學校，路上，常常覺得，玉山在向我揮手。對我來說，玉山是一個很遙遠、全然未知的領域。那時常常想，也許應該找個時間，去祂那裡，聽聽山的聲音，聽聽自然的指令。可惜，一直都未能成行，每次經過嘉義，都會往山上望去，也許，祂仍在那裡，等我與他對話吧，但我知道，玉山絕對不會隨便給人答案的。

從南門圓環開始，共和路就進入所謂的東市場。東市場很大，聽說全台灣沒有一個市場比他還大。嘉義人對東市場的定義，因人而異，沒有一個確切的範圍，依我自己的認知，大概就是共和路、延平街、吳鳳北路以及公明路所圍起的七、八個街區。東市場街區範圍內有三間歷史悠久的古廟，其一是三百多年的雙忠廟，其二是三百年的城隍廟，其三是兩百多年的

南門廟（舊孔廟）。早年共和路與延平街口一帶是阿兵哥採買伙食，停放軍車的地方，因此這一帶又有一個特殊的名稱叫兵仔市。清晨4點多，嘈雜的吆喝聲就叫醒了東市場的生意，許多嘉義人的生活就從東市場的小吃開始。而南門廟拱吉堂什家將也依序起舞，將市場風塵中的邪氣驅除。再過去一點，就可用一炷香召喚古桃城的信仰，城隍爺的光會用一道道神旨，解去眾人身上的歹運。東市場內有一家比黑人魯熟肉更古老的魯熟肉，當它的味道滑過舌尖，三代古早味的密碼就會解開過往日子的小印象。沿著共和路繼續往北走，就會來到蘭井街。蘭井街名字很詩意，這條街上有一口古井，有三百多年的歷史，是荷蘭人開挖的，又叫紅毛井或蘭井，泉質甘美，只是現在只剩一個古井樣，當做古早時代的一個印模，從這個印模可以連結到早期諸羅山城的生活。紅毛井附近有一棟上百年的木造兩層樓房，開了一家新泉興藥鋪，也是很

古老，門前經常有老棋士在下棋，棋步非常緩慢，經常慢到彷彿楚河的水都停住了。

來到共和路的中場，就是基督長老教會東門教會，這是一間有上百年歷史的教會。小時候，禮拜日會跟著母親來這裡，大人在教堂裡禱告、唱聖歌、做禮拜，小孩則在教堂外的小屋上主日學。印象中，上主日學其實就是吃喝玩耍，11 點鐘一到，我們就散場到東市場，繼續做忙碌而神秘的假日探險。這就是我們東門教會的禮拜日。

共和路 167 號（許世賢故居）對我來說是一個神秘的地方，每次經過這裡，母親都會跟我說，這裡住了兩位醫學博士，又說鼎鼎有名的順天堂醫院是她們家開的，又說她們是當大官的。在我們那個時代（1960 年代），是醫生又是當官的，都是很可畏又很可敬的大人物。後來，女醫師當了嘉義市第一任民選市長。後來，她變成神，成了嘉義媽祖婆。她就是嘉

義人無法忘懷的許世賢市長，她的兩位醫生女兒，也先後當了嘉義市長，於是這個地方就更加神秘了。

共和路就像一支甘蔗，又直又甜，直的是道路，甜的是歷史。甘蔗甜在頭，共和路則甜在尾。共和路遇到林森路就是尾巴了，而整個精彩的地方就在尾巴。這裡有一座廣達 3.4 公頃、上百年的林務局宿舍，日治時代稱為檜町，都是由高貴阿里山檜木、福州杉建構起來的，現在已整建為檜意森活村，是全台灣第一座森林文創園區，裡面有營林俱樂部等共 30 間木造歷史建築。一條路可以撐住百年的歷史，就必然有百年的景色可以觀看。電影《KANO》曾以園區內編號「T21」的房舍做為電影中近籐教練的宿舍，由於電影大賣，此宿舍就變裝為《KANO》故事館，裡面陳列電影的場景與道具，成為景點中的景點。

路繼續走，走到共和路底，就會走到阿里山線火車的北門車站，站前有一棟屋齡 70 年的木造樓房

「玉山旅社」，旅社原為往來阿里山旅客與小販的暫歇處，俗稱販仔間。由於阿里山公路的通車，阿里山線火車功能減退，旅客量減少，旅社遂改為複合式咖啡館民宿。這日，我來到玉山旅社，點了一杯咖啡，於斜斜射過來的昏黃燈光下，細細讀著阿里山線的雲霧，品味著古老的諸羅城，思緒慢慢深陷入山林的靜默。此時，有幾位背包客剛好走了進來，談著頂石桌的雲海，談著梨園寮的山洞螢火蟲，談著水社寮的鐵道螢火蟲，談著追焦阿里山火車過鐵橋。我則慢慢點燃一支菸，讓菸霧隔開城市與山林，讓思緒去達娜伊谷聽曾文溪的潺潺，再去奮起湖等待小火車頭冒起煙，然後，穿過擁擠的奮起湖老街去吃一份古早味便當。玉山旅社這裡，曾經有許多身影在此駐紮，有許多背包在此卸下，打開背包，便見小火車揹著阿里山的歷史緩緩下山，成為諸羅的故事。如果情人依約穿越城市，拜訪旅社前，那一張張沉思的臉，旅人就會

從每個昨天或明日，回到北門驛的入口，回到古老木造房子的門口，就可以看到玉山旅社的內將（呵，應該是店老闆吧）依著門，等待更多的旅人來修補過往的荒蕪與寂寞。

　　北門車站在日治時期，稱作北門驛，是共和路的最後一站，是阿里山線的起點，也是記憶的終點。如果沿著森林鐵路向山走，旅人就應該擁有一群大山與一大片森林。將自己的步伐與山林同步，將沉默與風聲和諧，然後揹著背包，去鐵道的末端找尋伐木工人，所有的吆喝聲與汗水都早已融入山的皺褶，成為鄒族的紋路。而蒸汽小火車從山上載運下來的山居歲月，都已風化成北門驛剪票口的陣陣風聲。

　　我們跨越無人看守的柵欄，去探查小火車的故事，蒸汽火車頭懶懶吐了一陣煙雲，慢慢述說著濃厚且永遠說不完的阿里山迷霧。

※2021 年嘉義桃城文學獎散文優選

回去哈卡‧巴里斯

每座山都有適合回家的路
我們正朝著南澳的大山前進
要用何種儀式才能讀懂山的語言
要用何種虔誠才能撫慰南澳的寂寞
哈卡‧巴里斯很近，感覺就在雲的那一端
但卻要拉起好多顆朝日才能抵達

一列默默前進的隊伍
在大山前，正鋪展回家的路
山不會是我們的路障，是一種試煉
從山腳開始，於山巔結束

我們祈求大山送來一條專屬的山徑
讓我們的意志不會脆弱
山終究會為我們留下什麼？
留下疤痕，記住傷痛？

留下汗濕的心緒，記住日炙的毒？

一路都還有付得起的體力
都快忘記山的重、忘記腳步的老
也快忘記時間的輕

那座山遠到無從想像起
一直都沒有足夠的汗水去付出
但卻有足夠的脆弱去退卻
那時尚有一些驚險還未面對
還有一些山徑未曾獨行

意志在風中搖曳，如魚在浪花中掙扎
我們繞過童年時攀過的樹
在樹下用腳印寫下自己的宇宙
一串串腳步就可以變成山的海拔

沮喪纏繞著行進中的隊伍

艱難也跨過了那時的意志

這時候，山告訴我們，不要說話

靠近我，再靠近山一點點

就可以聽到山在朗誦他的壯闊

山裡的黑暗，適合褪去一吋一吋的懼怕

適合等待腳底厚繭的完成

我們持續閱讀山的故事

持續撫慰山的傷痕

不管這座山如何難以征服

不管家屋如何難以抵達

山徑自會展示線索，拉著我們往前行

直至哈卡．巴里斯在望

註：哈卡・巴里斯為南澳武塔村泰雅部落的祖居地，族人
　　花了兩年時間的籌畫，走了七天才回到祖靈的懷抱。

※2021 年桃園鍾肇政文學獎新詩副獎

餐桌上的家鄉味

我與妳同樣來自東南亞
卻向台灣獻出靈魂
我們已經很久
沒將東南亞的味道更新了
這種味道，譬如飛魚乾
彷彿經常吊在窗台
等候另一個鄉愁來享用

生活一定會有一種註腳
只能用家鄉味來敘述
如果把家鄉搬到餐桌上
我們就可聞到鄉愁的味道
時間以滿桌珍饈，書寫
土地的記憶
鄉愁如果要我們哭泣
我們也會將淚水的聲音

端上餐桌

我們用很多酸甜苦辣

也用羶腥臭腐味道

拼貼一道家鄉味

重鹹又酸楚

用刀叉在砧板上起落

每一姿勢都可量化成

一首首家鄉味的方程式

若將菜餚排排躺在砧板上

極盡挑逗攤開身體，

那麼就都變成爽口的家鄉口味

沒有家鄉味的鄉愁

就像休耕的田地

乾旱而無聊

在異鄉的台北
等不到遠方飄來的氣味
只能以他鄉的味道來維生

等不到家鄉味，食慾就會生病
只好躺著等謊言來麻醉自己
生病的鄉愁，若等不到家鄉的主廚
只好躺著等魚露
所以我們一定要趁著味蕾
還未變調，還未衰老
趕緊尋覓周遭同質的味道
味道對了，就是家人

※2021 年刊載於有荷文學雜誌第 42 期

城市ＯＬ的日常

把所有的感官與衛星連線
從百里高空，來回搜索妳的城市
就有難以言說的高音嘆息傳來

像南方旅人，妳不熟識台北
當然更不熟識華山文創
妳的喧嘩像惡地野生的百合
震懾的風景，令人驚豔

妳抽菸的姿態不像生活必需
語言並無好用的字詞
即使作為維續生活的連接詞
都是贅字

大抵妳都用一種嚴肅身影
送走昨日

用瘦削笑容迎來明日
至於今日
是一章卡住的樂譜

妳活著應是一種贖罪，不清楚罪名
但常問老天，有事嗎？

城市氾濫時，妳長出鰓
不游走，只是下潛
當洪水退卻，爛泥阻絕
妳又出汙泥，當然不染

妳經常把失眠泡在酒裡
把傷痕用幾根菸燒掉，當妳睡著
就坐上旋轉木馬，在懸崖峭壁間奔馳

妳喜歡把所有的風景打包
回去晾在夢裡，以貓步接近
有時妳會用一些口水滋養大地
讓地層肥胖，地球回春

作為職場上經常性失能的人
妳會努力爬上懸崖再躍下
從來沒有一次成功
妳總是完美展翅，令人傻眼

妳用他人的批評，磨掉華麗
用恥笑，洗淨傲骨
妳算是勇敢，但不睿智
妳努力在孤獨中，找黑暗篇章
在篇章中找發光的字

偏愛當城市叢林裡，四處竄生的樹藤
讓黑夜忙於穿梭，或者絆倒

妳的字典沒有「哭」這個字
「哭」與「輸」是同義字，所以妳沒輸

後來妳認得神，也認得宮廟
經常用一炷香與神明交談
香灰形成語言，變成護城河
把眾人的野蠻，阻絕在清明之外

※2022 年刊載於野薑花詩集第 41 期

山城慢活

知道山城吧，就是在稜線下
默默生活的那一片清冷土地
那裡的雨聲沒有地方可去
風，沒有小樹枝可棲

山城有許多矮牆，只有螞蟻在翻修
也有落花，但落得很遲疑
山城的人，神色如同去年
除了風霜，誰也不比他人年輕

那裡沒有更好的方式醒來
一律，鳥來就起床
時間慢慢在山城的小巷被用掉
你不確信可以換得甚麼
但你知道你已往上爬了很長的石階

在山城，你好像不需要記住時間
忘切是一種山的形式
懶散是另一種風格

山城和古老沒有時差，但有距離
山城的時間，有時快，有時慢
大多時候，時間可以由自己決定
必要時，可以用聊天攔住

十月山城的海拔比較高
那是因為落葉多了，天空近了些
那裡的時間很緘默
用小徑思考，每天都在微微衰頹
時間一加總，就顯得古老

山城的下午很靜

他的靜很輕，他的輕很厚

他的厚很容易接上黃昏

山城其實無須計較厚薄

到了晚上，山城很快沉到杯底

山城的每一條小路

都是回家的路

每一種風都是順風

我要往山城走，但不歸鄉

我要用心與山互動，但不對立

山居是一種生活，但不是逃避

我只是一個山居的固執老人

不做過客，與山依靠，但不是靠山

回到山城，是為了隱居

是為了成為山的影子

在山城隱居，不小心就會成為山的神木

法式緞帶甜點文案

\# 妳那邊幾點？

　　妳的味蕾醒來了沒

　　想讓春天的足，輕觸妳的舌尖嗎

　　或是讓我的唇語

　　幫妳塗上 Le Cordon Bleu 巧克力

\# Le Cordon Bleu 甜點，風情萬種

　　說著令人怦動的故事

　　她有一種味道，不好說

　　她只期盼，在最甜的時刻

　　你能舔好、舔滿她的美。或者，吃掉她

老柑仔店的時光

維持一家老柑仔店，時間是必要的
孤獨也是必要的，夜晚的店面
都需要一盞昏黃的小燈
才能點燃歲月的古老

妳總愛在夏日的傍晚
穿梭在瓶瓶罐罐之間
找尋過往的記憶
因為瓶罐的碰觸聲、時間的風聲
老婦緩慢抬起頭，抬一抬老花眼鏡
從妳臉上的妝扮，疲憊的繁華
找到一條細微的線索
才知曉，妳剛從大城市逃回

老婦慢慢觀察妳臉上的童年
那些多年前就已熟悉的稚嫩面容

緊緊貼在糖果罐上，彷彿
只要舔著李仔糖，童年的純真與青澀
就可召喚回來，回來
與妳一起登出現實的困境

老婦開始疊著叨念
將老舊的關切，密密縫在妳的身影
妳假裝是個不懂事的小孩
扭捏地掙脫她的擁抱
不小心就跌入淚水中，任其覆沒

為了掩飾妳的侷促，妳挑了一瓶老酒
假裝是個酗酒的女郎
輕佻，且擺出不可抗拒的風情
老婦驚訝地在妳的每一個姿勢按讚
（原來她也學會按讚）

此後所有柑仔店的時光都已青春

※2022 年刊載於野薑花詩集第 42 期

柴火燒起，三和瓦窯有話說

選好竹寮的語彙
拌入隘寮溪的好山好土
拌和楠梓仙溪的高山流水
將四方福氣
以敖土、以牛踩，練土製胚
捏疊入粗胚裡
雕上圖騰，蔭乾後
埋入三和祖傳的手藝
格局清晰端正
如晨光佈滿的高屏溪平原
而玉山、大武山的日日夜夜
就在燕尾磚的清癯面貌中落腳

每一批窯燒都是新的啟程
慢火持續累加
都是一次又一次經驗的翻轉

不論是入窯還是出窯
龜仔窯都在說同一個故事

磚瓦是有記憶的
柴糠慢火的窯燒過程
就是將身世
一分一寸寫入記憶
你應仔細傾聽窯煙柴火
說瓦窯的興衰
瓦窯是一列火車
時間緩慢拉遠，讓
粗胚都能寫入
龜仔窯的暖燒與記憶

窯燒紅瓦不是陶土的浩劫
是浴火重生的成就

當一場火與土的對話開始

龜仔窯記錄下每個場景

烙印下經驗的細節

紅瓦來自泥土，超越塵土

有手工施作的體溫

也有窯燒的溫度

質地雖已翻展

但仍保有大樹區在地土味

沿著龜仔窯的古早文化通道

彷彿踩入時間的肌理

穿越瓦盤鋪陳的時空迴廊

撫摸窯壁的粗糙質地

就像執起阿嬤滄桑的手紋

你突然想起童年

阿嬤的木屐踩在紅磚
就有清脆的叮嚀在回響

註：三和瓦窯是高屏溪舊鐵橋下一間上百年的瓦窯

※2022 年刊載於有荷文學雜誌第 43 期

走進柑仔店

每個人心中都有一間柑仔店

穿越柑仔店的古老窗口

就可品味地方的歷史

如果柑仔店是座湖

就有微風細雨的故事可流洩

如果柑仔店是座倉庫

那就是通往舊日的通道

走進古早的柑仔店

就是要去探訪鄉野的可能

去驗證年齡的可能

時間躲在古舊的櫃子裡

在積塵角落裡

透過老物，可以揭開

暗藏的常民生活細節

走進柑仔店，彷彿

聽得見鄉野的古老節奏

順著耆老遺事，按圖索驥

在煙酒瓶罐之間

在南北雜貨之間

隨意轉身，不經意

就攪動了陳年老甕的醇香

穿過櫃子的間隙

有煙火、炮竹不停炸開

逢年過節的熱鬧

所有人客的經驗　逐一

從柴米油鹽間的蟲洞鑽出

——收入回憶

就可隨時修飾、補正

日漸卸妝的面容

明天，老態龍鍾的柑仔店

還是會開門，孩童還是會再走進

太陽照料過的古老時間

讓蜜餞來問候舌上的味蕾

讓零嘴與口水親吻

柑仔店不是孤立的島

是讓異鄉游子歸來時

還有一處回憶可以打雜

※2022 年刊載於有荷文學雜誌第 44 期

阿里山上移動的冰箱

找一輛耐操、耐苦的車子
裝扮成會跑的菜市場
跋涉多風多雨的山路
努力養活一座山城

你把大阿里山區的冰箱
放在一台高山賣菜車
無所不在，無處不至
成為婆婆媽媽的行動菜櫥

從晨星出現的時刻
你就活在南田市場的早安
夜行百里路，一路鋪設
高山上的生活大動脈
到太平老街、瑞里送早餐、送菜

剁肉的聲音，殺價的聲音
永遠比城市的剎車聲、鬥嘴聲
來得溫柔與貼心
山裡的緩慢永遠比山下的匆匆
來得不難與妥適

菜車除了賣菜也賣感情
菜車從山下載了城裡的八卦上來
那是非賣品，只送不賣
是給山裡的人當做下酒菜

這裡的時間都由菜車來決定
三餐的內容也由菜車來安排
你讓菜車上各色各樣的菜
管好阿里山上的氣候與胃口

※2022 年刊載於有荷文學雜誌第 45 期

誰加工了你

你將自己丟進熱鍋，氣焰大漲
斜睨的眼，像未曾謀面的張飛
你想縱橫在未來的時間
語未出，天空已風雲變色

你特愛將自己的行徑
跑得宛如小山羌輕快的步履
努力將自己寫入街道的字裡行間
認定城市必然懂得其中的隱喻
學著你的語法，闡述世界的真實

你操著陌生且不熟練的母語
與歷史爭執，指出輪迴的謬誤
你在生死簿上留下鋒利的筆跡
挺身走向齊發的利箭，以為
箭光會像流星群

屢屢在你的頭頂大爆發

你愛用直白的想法
認定星巴克的拿鐵，比
路易莎的咖啡來得有氣質
Uber 的外送，比
Foodpanda 來得精準

城市以紗布包紮你的憤怒
以一張草蓆緊緊包覆你的日子
在愛人的胳膊裡，你喘著息
說，還是深信教堂的鐘聲，比
深山寺廟的晚鐘來得高

獲得與付出，從來不曾平衡
你的事蹟被刊在社會新聞的小角落

日期與名目都已模糊

人，理應走得不明不白？

※2022 年刊載於乾坤詩刊第 103 期

玉山有熊

把背深深靠在玉山的孤寂

我開始想念起你們

為了瀕危物種的我族

你們養了一整排的大山

一直在想，熊的足跡

究竟能為森林代言甚麼？

都六月了

我在森林中攀上爬下

在瓦拉米步道

循著樹皮上的爪痕

尋找我的母親、我的熊族

很想讓我這隻

野放小熊的足跡

在玉山山脈被精準定位

讓居住在福爾摩沙的你們

可以清楚看見野放的壯舉

我要讓太平洋的風

沿著島嶼的屋脊

進入我的肺腑

與廣袤的山林一起呼吸

我允准你們來信義鄉

傾聽馬博拉斯山的雄偉

傾聽大水窟山屋的寂寞

傾聽熊族的悲鳴

我常維持昂首的行走姿態

彷彿我是高山上勇敢的泰雅族

隨時嗅聞山風，嗅出異族的體味

聞聲辨位，確認你們接近的目的

究竟是愛，還是利慾

如果你們在八通關古道

上切獸徑或下降河谷

驚見我的排遺，請勿驚呼

我可能正躺臥在

高高樹冠叢上

精心編織的熊窩裡

品嘗歲月

倘若你們能以祥和且關懷的姿態

與森林中苦難的生命對話

獸徑上就沒有槍響

陷阱裡也就沒有哀嚎

我知道，我必須及早學習

如何遠離捕獸夾與陷阱

我仍然害怕

害怕成為陳有蘭溪旁

與山林共存的一張失聯獸皮

我要繼續與山林對話

讓山進入我的胸膛

用強悍的足印

鋪好足夠長的獸徑

我將帶著我的子女

巡行無數座山巔

攀越無數的稜線

在玉山山脈

在熊族傳統領域

恆久插旗

註：2018年7月瑪莉亞颱風來襲前夕，一隻走失的小熊在玉
　　山國家公園被遊客發現，後被黑熊媽媽黃美秀教授帶
　　回安置，隔年順利野放回黑熊的故鄉玉山山脈。

※2022 年刊載於野薑花詩集第 43 期

華燈初上

這座城市的夜晚

總有幾根路燈壞掉

總有幾座紅綠燈認真工作

有某條街將妳拋棄

就有某個角落將妳收容

妳在六條通找到自己的房間

堅持不與台北結婚

經常在秘密基地當夜貓子

理直氣壯享受醉意

原來，酒是飛翔的勇氣

原來，喝了酒，就可

拉住傾倒的城市

妳喜愛充當臨時演員

在他人的場景，花枝招展

任性地，把殘存的笑聲揮霍掉

妳將自己的名姓改了又縫
期待獲得一個閃亮稱號
等候豪門來告白

妳永遠都有一枚親愛的吻
留在遲暮的臉，癡癡等候兌現

※2022 年刊載於有荷文學雜誌第 46 期

疫情下的日子

疫情讓你認清日子的多變性

包括時間的斷裂

包括情感的疏離與慌亂

未明的未來,都在

窄逼的小房間內,掐住你的呼息

與孤寂共處,與病毒作戰

生命通過繁複的爭奪程序

嘗試延續血色的軀體,此時

靜默是黑夜裡唯一無須辨別的光

將光拉遠,噩夢

就變成時間軸裡一塊小小的坎坷

眼睛眨一下,日子就洗刷乾淨

半島盟約

可不可以去墾丁，跟南方的陽光

借一身稻禾色的皮膚

與龍磐草原共浴夏日，養傲岸的孤獨

可不可以去八瑤灣，向太平洋的海

借一條溫柔的海岸線

把時間的傷痕密密縫合，養無憾的日子

可不可以向半島的棋盤腳樹

借一夜風情的花蜜，養失色已久的文字

讓墾丁大街恆久傳唱浪漫的詩歌

期望喝到一口妳親釀的小米酒

讓我可以聽聞排灣族的瑪莎露（感謝）

安心鑄下一世的盟約

※2022 年聯合報副刊晚禱徵文優選

來自苔蘚的邀請函

請接受苔蘚的邀請，進入雨林

放慢腳步，聆聽苔蘚和蛞蝓細說雲霧

從古道起飛，再像孢子降落

進入休眠模式，成為生態循環的逗點

天空是煙嵐的歸處，苔蘚也是

你化為一團不起眼的苔蘚，捕捉

古道的溼度，蓄滿靜默的風景

不須偽裝蕭然，無須凝神

你已聽懂千年氣候變遷的轉折

長滿苔蘚的朽木是保姆木

你躲進苔蘚厚片，就可看見陽光背後的幽微

當你匍匐於羌蹄踏出的生態圖譜

努力辨識山林的脈絡

一群路過的螻蟻洩漏山的想法

它們說，這裡是島嶼的圖鑑，那裡是山的密碼

要學習豬籠草捕捉蟲豸，貯存氮素
鋪陳小徑的生物多樣性
穿越雨林的寂靜
再完美無痕穿透遠方城市的滯礙

在長年苔蘚上，用腳踩探踏點，測試踏出時
地球是否也能同步接住你的重量，深怕
一次失足，就崩解成生態循環的小碎粒
成為厚片苔蘚層裡古老的養分，餵養小蟲

你埋怨夏天仍然不夠長
不夠完成一本堪用的生態觀察筆記
足以讓你在潮濕的日子，埋伏幾行小小陽光
佈署多樣性的板模，營造自然意象

至此你學會 poikilohydric^{（註）}

嘗試以苔蘚的微氣候，架構城市的大氣候

慢慢等候雨滴，再化身呼吸的雨林，滌盡台北

註：苔蘚植物的特殊功能。在缺水、乾旱的環境下，苔蘚
　　個體會進入休眠狀態，而當環境水分充足時，又會恢
　　復正常的生理活動。

※2022 年第 12 屆新北市文學獎新詩佳作

等動物回來太麻里

不要以為，種同樣的樹，就可成為森林

不要以為，野放一隻穿山甲，就有野生動物園

當太平洋的風逼走東北季風

春天就會回來與森林共商大計

如何讓食物貯滿大地，讓飛禽走獸回來定居

混和植栽森林的天氣有如萬花筒

雨水在各式各樣的落葉上，編織春天的舞

氣候若是多樣化，豐收的日子就變多

這是一座擬自然的原始森林

可以蓄養很多生命

失蹤已久的動物，沿著隱藏的獸徑

回到森林，重啟野生的日子

土地長出森林，森林長出果實
果實長出蟲蟲，蟲蟲長出飛禽
飛禽就長出一片天空

穿山甲、鼬獾、白鼻心在森林裡共同生活
把樹洞當成共同門戶，觀察彼此的進出
或者闢室密商生活準則

帝雉、藍腹鷴、食蟹獴次第擔綱
演出精彩的生態劇
獼猴不停鼓譟，彷彿森林的安靜與自己無關
藍腹鷴最懂森林，當它啼叫，森林就有了安全
它們努力繁衍，反正戰爭還在遠方

太麻里養了一座生態森林
茂密的樹葉佈滿晴空

守住日子的陰涼

獸足踩著快樂的腳步

閒適地走在落葉鋪滿的獸徑

等待陽光來閃爍一日的繽紛

註：台東林業試驗所太麻里研究中心從民國80年起，在太
　　麻里混栽一片235公頃的人工森林，採取生物多樣性的
　　自然生態發展，全台灣常見的野生動物，因此通通回
　　來這裡居住生活。

※2022後山文學獎新詩優選

讀詩人163　PG2920

 時間情書

作　　　者	曾元耀
責任編輯	廖啟佑
圖文排版	黃莉珊
封面設計	王嵩賀

出版策劃	釀出版
製作發行	秀威資訊科技股份有限公司
	114 台北市內湖區瑞光路76巷65號1樓
	電話：+886-2-2796-3638　傳真：+886-2-2796-1377
	服務信箱：service@showwe.com.tw
	http://www.showwe.com.tw
郵政劃撥	19563868　戶名：秀威資訊科技股份有限公司
展售門市	國家書店【松江門市】
	104 台北市中山區松江路209號1樓
	電話：+886-2-2518-0207　傳真：+886-2-2518-0778
網路訂購	秀威網路書店：https://store.showwe.tw
	國家網路書店：https://www.govbooks.com.tw
法律顧問	毛國樑　律師
總 經 銷	聯合發行股份有限公司
	231新北市新店區寶橋路235巷6弄6號4F
	電話：+886-2-2917-8022　傳真：+886-2-2915-6275

出版日期	2023年6月　BOD一版
定　　　價	220元

讀者回函卡

國家圖書館出版品預行編目

時間情書 / 曾元耀著. -- 一版. -- 臺北市：釀
出版, 2023.06
　　面；　公分. -- (讀詩人；163)
　　BOD版
　　ISBN 978-986-445-811-0(平裝)

863.51　　　　　　　　　　112005624